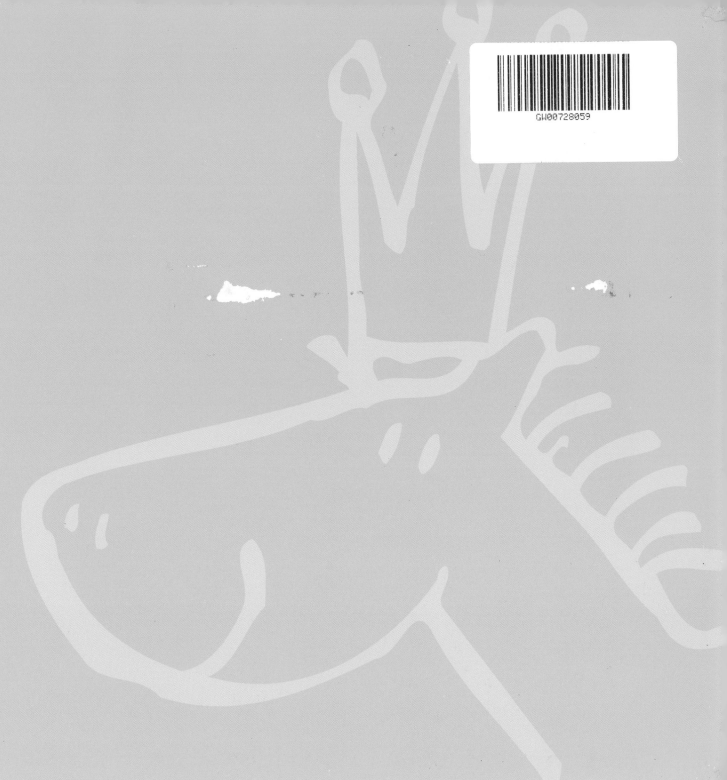

Caperucita Roja

ILUSTRACIONES: FRANCESC ROVIRA

ÉRASE UNA VEZ UNA NIÑA
A QUIEN TODO EL MUNDO LLAMABA CAPERUCITA
ROJA PORQUE SIEMPRE LLEVABA
UNA CAPUCHA DE COLOR ROJO.

UN DÍA, SU MADRE LE PIDIÓ
QUE LLEVARA MIEL A SU ABUELITA,
QUE ESTABA ENFERMA.

POR EL CAMINO, SE ENCONTRÓ CON EL LOBO.

–¿ADÓNDE VAS, CAPERUCITA?

–LE DIJO CON VOZ MELOSA.

—VOY A CASA DE MI ABUELITA.
NO ME ENTRETENGAS, QUE TENGO PRISA
—LE DIJO LA NIÑA.

—VE POR ESTE CAMINO, QUE ES MÁS CORTO. ASÍ LLEGARÁS ANTES

—LA ENGAÑÓ EL LOBO.

MIENTRAS TANTO, EL LOBO CORRIÓ POR UN ATAJO
HASTA LA CASA DE LA ABUELITA.
UNA VEZ ALLÍ, LA ENCERRÓ EN EL ARMARIO
Y SE METIÓ EN LA CAMA.

CUANDO CAPERUCITA LLEGÓ,
ENCONTRÓ A SU ABUELITA MUY CAMBIADA.
—ES PORQUE ESTOY ENFERMA, HIJITA
—LE DIJO EL LOBO SIMULANDO
LA VOZ DE LA ABUELA.

—ABUELITA, ¡QUÉ OREJAS TAN GRANDES TIENES!
—DIJO LA PEQUEÑA.
—SON PARA OÍRTE MEJOR
—RESPONDIÓ EL LOBO.

—ABUELITA, ¡QUÉ OJOS TAN GRANDES TIENES!
—INSISTÍA LA NIÑA.
—SON PARA VERTE MEJOR
—DIJO EL LOBO ACERCÁNDOSE A CAPERUCITA.

—ABUELITA... ¡QUÉ BOCA TAN GRANDE TIENES!
—SE ATREVIÓ A DECIR CAPERUCITA
UN TANTO ASUSTADA.
—¡ES PARA COMERTE MEJOR!
—GRITÓ EL LOBO ABALANZÁNDOSE SOBRE LA NIÑA.

PERO EN ESE MOMENTO,
UNOS CAZADORES OYERON
LOS GRITOS DE CAPERUCITA,
ENTRARON EN LA CASA Y ECHARON AL LOBO,
QUE SE FUE CON EL RABO ENTRE LAS PIERNAS.

Ricitos de Oro

ILUSTRACIONES: MARIA ESPLUGA

HABÍA UNA VEZ UNA NIÑA
QUE TENÍA LOS CABELLOS TAN RUBIOS Y RIZADOS
QUE TODOS LA LLAMABAN RICITOS DE ORO.
UN DÍA, PASEANDO POR EL BOSQUE, SE PERDIÓ.

LA PEQUEÑA VIO UNA CASA Y,
SIN PENSÁRSELO DOS VECES, ENTRÓ.
LA MESA ESTABA PUESTA
CON UN PLATO Y UN VASO GRANDE,
UN PLATO Y UN VASO MEDIANO,
Y UN PLATO Y UN VASO PEQUEÑO.

–¡QUÉ BIEN HUELE! –PENSÓ LA NIÑA.
Y PROBÓ LA SOPA DEL PLATO GRANDE,
BEBIÓ AGUA DEL VASO MEDIANO
Y SE COMIÓ, ENTERO, EL PLATO PEQUEÑO.

DE PUNTILLAS, SUBIÓ LAS ESCALERAS Y,
UNA VEZ ARRIBA, DESCUBRIÓ UNA CAMA GRANDE,
UNA CAMA MEDIANA
Y UNA CAMA PEQUEÑA.

RICITOS DE ORO SE TUMBÓ EN LA CAMA PEQUEÑA.
ERA TAN SUAVE Y MULLIDA
QUE SE QUEDÓ PROFUNDAMENTE DORMIDA.

MIENTRAS TANTO, LOS DUEÑOS DE LA CASA
VOLVÍAN DE DAR UN PASEO. ERAN TRES OSOS:
UN OSO GRANDE, OTRO MEDIANO
Y OTRO PEQUEÑO.

DESPUÉS DE MIRAR SU PLATO,
EL OSO GRANDE DIJO CON SU POTENTE VOZ:
–¿QUIÉN HA PROBADO MI SOPA?

EL OSO MEDIANO PREGUNTÓ
CON SU VOZ MEDIANA:
–¿QUIÉN HA BEBIDO DE MI VASO?

Y LLORIQUEANDO, EL OSITO PEQUEÑO
DIJO CON SU VOCECITA:
–¿Y QUIÉN SE HA ACABADO MI PLATO?

ENTONCES, POCO A POCO Y SIN HACER RUIDO,
SUBIERON POR LAS ESCALERAS Y....
–¿QUIÉN ESTÁ DURMIENDO EN MI CAMA?
–GRITÓ ESPANTADO EL OSITO.

LOS GRITOS DESPERTARON A LA PEQUEÑA QUE,
AL VER A LOS TRES OSOS ALLÍ PLANTADOS,
SALIÓ CORRIENDO
Y LOS DEJÓ CON LA BOCA ABIERTA.

Pulgarcita

ILUSTRACIONES: JAVIER ANDRADA

H ABÍA UNA VEZ UNA MUJER
QUE DESEABA UN NIÑO PERO,
COMO NO SABÍA DÓNDE ENCONTRARLO,
SE FUE A BUSCAR A UNA HECHICERA
Y ÉSTA LE DIO UN GRANO DE CEBADA.

LA MUJER PLANTÓ EL GRANO Y,
EN SEGUIDA, BROTÓ UNA FLOR.
DENTRO DE LA FLOR ENCONTRÓ
A UNA PEQUEÑA NIÑA Y,
COMO ERA AÚN MÁS PEQUEÑA
QUE SU DEDO PULGAR,
LA LLAMÓ PULGARCITA.

UN DÍA, MIENTRAS PULGARCITA DORMÍA
EN UNA CÁSCARA DE NUEZ,
UN VIEJO SAPO ENTRÓ POR LA VENTANA
Y SE LA LLEVÓ PARA QUE SE CASARA
CON SU HIJO.

—¡CROAC, CROAC! —EXCLAMÓ EL SAPO
MIENTRAS DEJABA A LA NIÑA
SOBRE UNA HOJA DE LIRIO EN EL RÍO.
PULGARCITA LLORABA Y LLORABA
PORQUE NO QUERÍA VIVIR
CON AQUEL HORRIBLE SAPO.

—¡CREC, CREC! —HICIERON LOS PECES
MORDISQUEANDO EL TALLO
DE LA HOJA DE LIRIO
HASTA QUE MARCHÓ, RÍO ABAJO,
ARRASTRADA POR LA CORRIENTE.

—¡ZZZZZ! —ZUMBÓ UN ABEJORRO
QUE COGIÓ AL VUELO A PULGARCITA.
—¡QUÉ FEA ES! ¿OS HABÉIS FIJADO?
¡SÓLO TIENE DOS PATAS!
—MURMURABAN LOS DEMÁS ABEJORROS.

AL ESCUCHAR AQUELLOS COMENTARIOS,
EL ABEJORRO ABANDONÓ A LA PEQUEÑA,
QUE TERMINÓ VIVIENDO SOLA EN EL BOSQUE.
TUVO LA FORTUNA DE ENCONTRAR
A UNA BONDADOSA RATA DE CAMPO,
QUE LA ACOGIÓ EN SU MADRIGUERA.

MUY A MENUDO LAS VISITABA
UN TOPO VECINO QUE, ENAMORADO
DE LA VOZ DE PULGARCITA,
SE QUERÍA CASAR CON ELLA.
POR ESO LE MOSTRÓ EL TÚNEL
QUE UNÍA SU MADRIGUERA
CON LA DE LA RATA.

PERO EN EL TÚNEL
HABÍA UNA GOLONDRINA
QUE YACÍA MUY ENFERMA.
PULGARCITA CUIDÓ DE ELLA DÍA
Y NOCHE, HASTA QUE LLEGÓ
LA PRIMAVERA.

CUANDO LOS DÍAS
FUERON MÁS LUMINOSOS,
LA GOLONDRINA DIJO A LA PEQUEÑA:
—GRACIAS POR HABERME CURADO,
PULGARCITA. ME VOY
A UN LUGAR CÁLIDO Y ALEGRE.
SI VIENES CONMIGO, PODRÁS ELEGIR LA FLOR
QUE MÁS TE GUSTE PARA VIVIR.

Y ASÍ LO HIZO; PULGARCITA SE FUE
CON LA GOLONDRINA. Y EN LA FLOR
QUE ELLA ESCOGIÓ PARA VIVIR,
DESCUBRIÓ ASOMBRADA A UN JOVENCITO
DE SU MISMO TAMAÑO.

El patito feo

ILUSTRACIONES: IRENE BORDOY

En la orilla del lago
hay mucho alboroto.
¿Qué pasa?

74

LOS PATITOS HAN SALIDO DE LOS HUEVOS.
SON TODOS IGUALES Y ¡TAN BONITOS!

¿TODOS IGUALES?
¡NOOO!, HAY UNO DISTINTO.

—¡LÁRGATE! —LE DICEN LOS OTROS—.
¿NO VES QUE NO ERES COMO NOSOTROS?

EL PATITO ESTÁ MUY, MUY TRISTE.
DE SOBRA SABE QUE ES DIFERENTE.

–¿HABÉIS VISTO QUÉ LINDOS SON LOS PATITOS?
–DICEN TODOS LOS ANIMALES–.
TODOS SON LINDOS MENOS UNO.

Y EL PATITO SE ENCUENTRA
CADA VEZ MÁS SOLO
Y CADA VEZ MÁS TRISTE.

—PERO ¿QUÉ GRITOS SON ÉSTOS?
¿QUÉ ES ESTE JALEO? —DICE EL PATITO
DESDE SU RINCÓN.

–¡VEN! –LE LLAMA UN GRUPO
DE BLANCOS Y ELEGANTES CISNES–.
ERES COMO NOSOTROS.

90

Y, CLARO, EL PATITO SE FUE CON ELLOS.
AHORA SÍ QUE ES FELIZ...

A LA ORILLA DEL LAGO VUELVE
LA CALMA Y LA ARMONÍA.